황제펭귄

책 만 드 는 집
시인선 153

황제펭귄

박
화
남

시
집

책만드는집

조금은

사물들에게 경이로운

선물이 되었으면

좋겠다.

- 2020년 8월
박화남

| 차례 |

2부 익숙한 감정은
왜 돌아보지 않는 걸까

3부 여태껏 본 적도 없는 길 활짝 열린다

4부 내가 돌아설 때
생강꽃은 피었어요

1부

흩어진 저수지 물결
걸음까지 받아낸다

물새를 읽다

애당초 아버지는 물새가 분명하다

무논에 얼굴 담가 부리가 닳았는지

쓸쓸히
날개 젖어도
말수가 없으셨다

뼈마디 결린다고 개구리가 우는구나

혼잣말을 흘려놓고 새벽을 물리셨다

물 위에
세운 그림자
한평생 목이 길다

달항아리

울 엄마

둥근 집에 나 홀로 들었을 때

달의 젖을 먹였던가 나도 따라 둥글어져

내 배꼽 가장자리가

뽀얗게 물결 진다

천칭

추녀秋女 끝을 겨냥한다, 바지랑대 높이만큼

풍경 너머 실려 오는 가을 입김 아직 차다

여기서
거기까지가
기우뚱한 것을 보면

반대편에 건너가는 그녀의 뒷모습이

사뭇, 밀어 올리다가 눈빛을 당겨준다

균형을
잃지 않으려고
맞춰가는 내 보폭

지붕 위의 자전거

허공에도 길을 내어 달리고 싶은 걸까

보름달 이마 위에 지문 몰래 찍어두고

아버지
바퀴를 굴린다
세상이 다 둥글도록

태풍이 길 막아도 멈춘 적 없었다는

사십 년 연애 같은 우체부 가방 놓자

어깨가
가벼워진다며
지붕 위로 올라갔다

빨래집게

흠뻑 젖은 지난날이 껍질 되어 날아갈까

양어깨를 꽉, 잡고서 내가 버티는 거

아직은 놓을 수 없는

한 줄의 가닥인걸

체취까지 물고 가는 바람이 아득할 때

무작정 움켜쥐고 하늘에 맡기는데

나에게 돌아오려고

몸 한번 뒤집는 거니

붉은 장마

사랑을 놓아버린 걸까, 그 무엇 잡으려고

제 몸 둥둥 두드리며 주술을 거는 것처럼, 어디서 부터 끌고 왔는지 휘도는 길 위에 한 무더기 부려놓은 증거처럼, 여자의 등산화 한 짝 짚어가며 몇 번을 되읽다 놓은 것처럼, 아무렇게 널브러져도 뼈대 꼿꼿한 우산처럼, 곡기를 끊고 웅크려있는 무쇠 냄비 덜어낸 생각처럼, 저를 다 태우지 못해 입 닫아버린 나무 밑동처럼, 허옇게 뿌리 뒤집혀도 그리움만 남은 풀처럼

밑바닥 긁어대면서
바닥을 훔쳐내는

해녀

뾰족구두 벗어 던진 맨발의
혁명처럼

불빛을 움켜쥔 채 펄럭이는
전사처럼

먼바다 허물을 벗겨

걸어간다

알
몸
으
로

1g의 그늘

땡볕이 가려운 건 눈 떠도 된다는 뜻
폐, 라는 접두사에 혹처럼 달라붙어
내 가슴 쥐어짜면서
봄 햇살을 붙잡는다

물속에 잠겨버린 들판을 건져 올려
쓸쓸한 나무들이 하고픈 말 떠올리면
겹쳐진 허공 하나가
푸르게 출렁인다

손바닥 반 장만 한 그늘을 다독이면
아버지의 발자국이 물 위에 떠오른다
흩어진 저수지 물결
걸음까지 받아낸다

보내지 않을 편지

−L 선생님께

그곳 산허리엔 안개들이 산다지요

봉우리, 봉우리로 건너뛰다 한 번씩은 아래로 내려
와서 천지 분간을 못 하도록 발목을 잡는다는, 눈치
빠른 친구들은 눈이 멀어 낭떠러지로 떨어지기도 하
고 청맹과니 친구들은 그 자리 우뚝 서서 눈을 감고
더듬기도 한다는, 손에 잡힐 듯도 한데 볼수록 멀어
지는, 뜬구름을 좇으면 어딘지 모르게 자꾸 낯선 데
로 데려간다는, 지문 다 삼켜먹은 컴컴한 자물쇠처럼
나도 날 열 수 없어 귀와 눈 녹슬었다는 신화처럼

끝끝내 닿을 수 없는 손끝이 막막해요

뭇,

직지천 다리 아래 가슴을 내려놓고
으스름 본모습과 정면으로 마주쳤다
잘 익은 노을 속으로 한 남자가 침몰한다

다 닳은 몸의 허울 공중에 벗어 던져
둥글게 웅크린 채 바위가 된 남자
늦가을 저문 세상을 단편으로 바라본다

서늘한 뒷덜미를 거머쥔 풍경같이
메마른 숲속에서 남모르게 날아온 새
속울음 거둬들이며 귀가를 재촉하고

가로등 저 불빛이 어둠을 살피듯이
흐르는 무늬 안고 한 줄 길게 따라간다
온몸에 물소리 새기는 남자의 에필로그

장미전쟁

결국은
고요하게 소란한
세상이다

이렇게 색깔 논쟁
갈수록 짙어지고

그렇게
뭉개진 입술

오지 않는
나비들

신화를 쓰다

젖은 꿈이 잠겨있는 아득한 동굴처럼
대문을 닫아걸고 햇빛마저 걷어내고
할머닌 착한 곰으로 돌아가고 싶었을까

메마른 발걸음을 하나둘 지우면서
툇마루 옹이 안고 돌아누운 저 지팡이
주름살 깊은 쪽으로 낮달을 궁굴린다

색 바랜 기억들을 손끝으로 짚어내며
꽃무늬 내복 바지 빨랫줄에 펄럭일 때
가을이 전설로 와서 여자를 낳고 있다

양파가 양파에게

내가 다
울지 못한 지상의 매운 울음

어둠 속을 달려 나와
둥근 어깨 내어주며

열수록
말문을 닫고

대신 울고 있었다

맨발의 보법

바닥은 바닥끼리 맞대어야 입을 연다
골목길 풍경으로 돋아난 고양이처럼
흘러온 어스름 녘이
오래도록 수런댄다

로드킬 무늬 위로 한 점씩 별이 지고
꼬리가 꼬리 물고 서두르는 불빛들아
무엇에 가 닿으려고
급하게 달려가나

가시가 발바닥에 박힌 줄도 모르고
헛꽃을 뒤쫓다가 부르튼 물집의 밤
납작한 어둠 속에서
복사뼈가 아리다

開망초

삶은 안간힘이다 더 멀리 보기 위해

시멘트 벽 틈 사이로 지극한 한 세대가

끝까지 땅을 버리고 저곳에 피어있다

흙먼지를 간신히 비집고 일어서서

소문을 잘라내고 물관부를 부풀리며

일가를 불려나간다 맹렬하다, 저 그늘

살구나무 시인

단단한 허공 앞에 가부좌 틀고 앉아

겨우내 눈밭에서 면벽수행 하는 나무

이마가 뜨거워졌나 비탈길이 다 흥건해

한 줄을 얻으려고 만 마디 말을 접어

휘굽은 몸을 안고 눈을 감는 저녁쯤에

발등이 다 녹았던가 무릎으로 서있다

주부 9단

속 보이는 비닐장갑에 물을 넣어 매달면
물에 비친 파리가 놀라서 도망간다
오래된 퇴치법이다
크게 보이는 눈속임

가위를 크게 벌려 비추면 상어 입이고
커피 스푼 비춰보면 큰 바위 얼굴이다
모르면 속는다지만
알아도 모른 척하는

내 마음도 저렇게 커졌으면 좋겠다
오늘만큼은 나에게 투명해졌으면 좋겠다
아마도 파리가 놀랄 일
나에게 속고 싶은 날

2부

익숙한 감정은
왜 돌아보지 않는 걸까

초승달

뒤집어
벼린 밤을
다시 한번 뒤집어서

금은화 비린 울음
한 줌 깊이
베어내고

굽은 생
펴지 못한 채

조선낫이 된
아버지

체리와 채플린

체리 열매 한입 물고
채플린이 되는 엄마

분장 속 숨긴 얼굴
조금은 외로워도

언제나 우리 앞에서는
웃고 있는 피에로

새들에게 묻는다

오늘따라 바람은 왜 네게로 부는지
금요일은 둥글고 촘촘하게 달리는지
분홍은 왜 슬픔 뒤에 귀 닫고 서있는지

안개는 왜 발목을 또다시 붙잡는지
오지 않을 연락은 왜 그렇게 창백한지
떠나는 모든 것들은 한꺼번에 오는지

물컹거리는 울음은 왜 쓴맛이 나는지
왜 폭우는 이럴 때 싱싱하게 돋는지
사랑의 유효기간은 왜 그렇게 뻐근한지

춤추는 풍선

허리춤 배터리에 박자를 접어놓고

헐거워진 음표를 바짝 당겨 조이고

적당한 온도의 미소 코끝에 내걸고

흘러온 흰 구름에 귀갓길 숨겨놓고

햇살 좁은 무대를 닳도록 뒤척이고

혼자서 감당하느라 어깨춤이 늘어지고

부어오른 발등에 노래 또 올려놓고

꿈인 듯 펄럭이는 옷자락 움켜쥐고

바코드 붙여놓았지만 너는 나를 못 읽고

몽당빗자루

아버지보다 오래도록 살아남은 몸이시다

쓸고 또 쓰는 일이
티 안 나게 티 나지만

쓸수록 닳고 닳아져 와불처럼 누우셨다

벼락 맞은 자두나무

무더기 꽃 피워도 해마다 불임이다

지성으로 기도해도 아기는 오지 않아

고모는 날벼락 맞고 오 년 만에 쫓겨났다

친정에 돌아와도 받아주지 않았다

상처 있는 가지끼리 서로 만나 보듬더니

발그레, 자두 열매가 실하게 익어갔다

봄밤

잠 못 드는 암고양이 어둠을 울려놓고

불혹은 내 옆에서 꽃잎으로 떨립니다

날마다 숨 밖에 서서

리듬을 잃는 당신

박자와 박자 사이 별빛이 흔들릴 때

나도 모를 추임새로 마른침 삼킵니다

찾아온 샛노란 불면

읽고 가는 새벽달

가로수 싱크홀

연두가 초록 되는 경계에서
너는 온다

예상 못한 이별은 한순간에 찾아와
발바닥 깊숙한 곳에 길을 숨긴 것일까

달콤한 귓속말에
봄은 더 빨리 왔고

꽃잎에 새긴 약속 희미하게 남았는데
무너져 굴착된 말은 의문이 되고 만다

익숙한 감정은
왜 돌아보지 않는 걸까

사랑도 곱씹으면 닳아지고 내려앉아
온기로 지워버린 밤 무게만 더해지고

금계국

이 나라엔
절망이 유일한 계율인가

땡볕에 그을려도 금빛 꿈을 꾸지만

계급을
나눠 가진 층

층층마다
이어지고

구제역

도무지 알 수 없는 뒷골 땡긴 역이다

입 다물고 단정하게 돌아앉은 사람들
검은 돌 꿀꺽 삼키고
뿌리까지 흔들려

그들이 전파한 그들만의 바이러스인가

광장의 구호들은 구름에 탈골되어
살처분 매몰된 손짓
등줄기를 타고 와

웃음을 슬픔으로 얼굴을 바꿔 달고
그림자를 리셋한다, 거울 뒤에 서서

역사는 거울과 한패
투명도 혁명도 숨은

흰눈썹지빠귀에게

산란의 숲속처럼 먼 길을 떠올렸죠

안부를 묻는 말 들꽃에 소담하고 제 성질 이기지
못한 말 소나기에 허물어지고 오지랖 넓어 도무지
읽을 수 없는 말 구름 사이에 벌어지고 차마 입 밖으
로 떨어지지 않는 말 저 혼자 붉어져서

문어체 맴돌았지요 한 자리 날개 달고

순댓국

다디달게 뜨는 수저
식성이 곧 인간성

김 서린 창문 밖은
저녁이 엷어지고

노을에
얹혀 온 말을
한 입 베어 나를 준다

불고기 게이트

질겨진 권력들은 일단 물에 불린다
적당히 불어나도 벗겨지지 않는 껍질
떫은맛 가시지 않는
음모가 늘 문제다

어둠을 버무려서 골고루 주무른 후
게이트 달무리를 잘게 다져 뿌린다
어쩌다 도청 같은 건
조미료로 챙긴다

달구어진 철판에 비리 세 술 둘러서
보기 좋은 그 이름들 고명으로 얹어놓고
센 불에 충분히 익힌다
혀가 눈치 못 채게

왜가리 식사법

한 발을 드는 것은 그들의 위장전술

오므려 없는 듯이 가슴에 붙여놓고

고품격 허술한 전략

두 눈 떠도 속고 만다

물 딛고 선 발가락 뿌리가 될 때까지

자신도 속을 만큼 고요에 세워놓고

저녁이 짜릿하도록

낚아챈 한 끼 식사

독獨

나무가 허락해야 까치도 집을 짓는다
방 한 개를 내주고 등이 따뜻한 미루나무
우듬지 명랑한 노래
새파랗게 돋았다

새끼들 데리고 산동네에 얹혀살 때
문단속 입단속에 등이 시린 큰오빠
그 겨울 혹독했다는
봉천동 옥탑방

먹고살기 좋아져도 현관문은 닫혀있다
함부로 뱉어낼 수 있는 말조차 닫아걸고
혼자서 오래 서있다
그 겨울에 아직도

시작노트

시 앞에서 발가벗고 동침해야 시인이라던데

세상과 자신에게 민감해지기는커녕 자꾸 둔감해져
요 내가 먼저 깨지고 찔려야 하는데 안 아픈 것 보면
칼날이 밖을 향해 있나 봐요 모든 것과의 불협화음
에서도 오직 시하고만 화해하는 것이 무시무시한 아
름다움을 안겨다 줄 거라고 난간 끝으로 뜨거운 물
속으로 밀어 넣으라는데 그런 게 나는 무서워요 화
장실에 볼일 보러 가듯이 밥 먹은 다음 양치질하듯
이 하루도 거르지 않고 할 일이라는데 시에 있어서
나는 노숙자예요 좀 더 간절하게 절박하게 속절없이
뭐든 바깥으로 꺼내 자랑하지 말고 숨겨야 힘이 있
다는데 조그만 것 하나까지 입이 근질거리니 괄약근
이 약해지나 봐요 시 쓸 때는 멀리 가되 반드시 돌아
와야 하고 보일 듯이 보일 듯이 보이지 않아야 한다
는데 불 켜진 창문을 들여다보듯 너무 다 보여서 재

미가 없나 봐요 쓰고 나서 읽고 나서 그게 무슨 뜻인
지 몰라야 밤에 뜸이 든다는데 나는 늘 설익는 사람
인가 봐요 시는 언어의 뒤통수를 치는 것 사기 치듯
바람피우는 거라는데 나는 따분하게 눌어붙나 봐요

  그러나 어떻게 끝날지는
  모르잖아요 아무도!

어느 열사의 평전

강물의
묵직한 몸
음각으로 피어났다

그 어느 굽이쯤에서
주먹을 쥐었을까

한 남자
팔뚝에 새긴

목이 쉰
질문들

3부

여태껏 본 적도 없는 길
활짝 열린다

개소주

식은땀을 흘리며 힘이 없다는 남자
식구처럼 지내던 누렁이를 쳐다본다
한 사람 살리겠다고 개를 맡기고 왔단다

두 눈 딱 감고서 약이라고 먹었는데
누렁이만 사라졌다, 별 소득도 없는 채
남자가 드러누웠다 한 달이 지나도록

인연이란 너무 쉽게 잊는 것 아니라서
대문 앞 밥그릇이 눈에 자꾸 밟히는데
세상에!
누렁이가 왔다 남자가 벌떡 일어났다

茶山을 읽다

1. 동박새로 날아와

그대가 없는데도 그대 너무 그리워서 만덕산 햇살처럼 구강포 바다를 당겨

백련사 고요에 들어 붉은 숨을 내쉰다

2. '丁石'을 새기며

꺾어 든 그 비수를 바람 속에 던져놓고 초당에 내려앉아 찻물 깊이 끓였을까

용오름 역린을 삼켜 명편이 된 한 사람

3. 천년의 시편

그대 푸른 동백나무 하늘로 날아올라 흐르는 구름
위에 한 편 시 적은 오후

여태껏 본 적도 없는 길 활짝 열린다

황제펭귄

스크럼을 짜고 있다 어깨 서로 걸고서

새끼를 지키려는 극한의 맨몸 화법

그 어떤 소리도 없다

아버지도 그랬다

삭제 버튼

새 옷에 붙어있는

태그가 까칠해서

가위로 자르다가 구멍을 내버렸다

뒷덜미 서늘한 오늘

너를 잘못 눌렀다

진달래의 말

절벽에 비스듬히 혼자서 피었더니
살 곳이 못 된다고 어서 내려오라고

사람들
자기들 잣대로
발을 동동 구르지

여기가 의자이죠, 발 뻗고 쉴 수 있는
높은 곳이 좋다고 한없이 올라가도

뿌리를
내리지 못하는
당신이 걱정이죠

열쇠에 관한 보고

빳빳했다
밤마다 기둥이 들어왔다

목까지 파고들었다
내가 모를 낯을 핥았다

금요일
밤 맛이 좋았다
아침은 열지 않았다

쾌활한 젖소 씨

명퇴를 던져놓고 외양간에 사는 남자
철문을 활짝 열어 초록을 들여놓고

흰 구름 스카이콩콩
웅덩이 건너뛴다

그 누구 눈치 없이 마셔보는 카페모카
출퇴근이 따로 없는 생활의 오선지에

굽 닳아 비스듬한 이력
음표들로 경쾌하다

초식의 기법으로 이웃이 되기까지
실례인 줄 모르고서 챙겨둔 가죽옷은

물오른 수양버들에
등뼈처럼 걸쳐둔다

동백꽃

벗이 저지른 과오 중에
나로 인한 잘못은 없는 걸까?
— 비스와바 쉼보르스카, 「나에게 던진 질문」*에서

백만 송이 이력서가 언 땅에 꽂혀있다

N포세대 청춘들이 깔아놓은 레드 카펫

아니다

누군가 저지른
죄의 눈동자다

* 『끝과 시작』, 최성은 옮김, 문학과지성사, 2007.

놀람 교향곡

생각을 벗기 위해 날마다 오르는 산

생각을 닫아걸면 아다지오도 없이 하얗게 포르티
시모에 도달하는 것, 트렘펫의 음이 곤두서는 것, 아
마도 이건 꿈이 아니에요 몸을 어디에 두어야 하죠
이렇게 꼼짝 못 하는 걸 보면 제 발이 무척이나 빠르
다는 것, 팀파니 팀파니 팀파니 걸음의 신호로 돌진
해 오는 멧돼지, 거친 숨소리를 멈추지 못해 나를 앞
지르며 달려 나갔어요

한순간
심호흡처럼 풀어지는
알고리즘

아프리카* 아프리카

남쪽 그 해변에는
그을린 사막이 있죠

아무리 걸어봐도 발자국 안 보이고

누 떼의 쫓기는 소리에
아프리카 흩어져요

액자에서 걸어 나와
바다로 간 사자들이

수평선을 되감으며 갈기를 흔들 때

풍경을 물어뜯는 파도
사자는 오지 않았어요

* 제주도 검은모래해변에 있는 카페.

대관절

황사비가 쏟아진 날 관절통 붉게 도져

구인란 벼룩시장을 간절히 읽는 노년

대관절 왜, 이러는 거야

목련꽃 벙그는데

봄의 혐의

속마음 침침하면 칼국수 먹으러 간다

맥도날드 지나고 어전복집 지나서 어탕칼국수가 여탕칼국수로 뿌예지는 날, 하루쯤 허탕 치고 그녀와 꽃구경이나 가고 싶은 날, 잘하면 봄밤의 허리까지 한 바퀴 쓰윽 돌아 나와 슬픔이 탕감되는 그런 날

건더기 훌훌 삼킨 낮달
풍덩, 벚꽃 속에 빠진다

내 여자의 여행

섬들이 걸어 나온 산토리니 파도 속

햇빛을 입에 물고 갈매기가 찾아온다

에게해 낯선 바람이 자궁을 매만질 때

나도 몰래 다가온 붉은 저녁 바라본다

계단 위에 내려앉은 빛으로 씻은 얼룩

돌담길 하얗게 돌아 내 몸을 들춰본다

부겐베리아 고요히 피어나는 교회당

종소리보다 더 크게 퍼지는 그녀의 섬

저무는 달의 입맞춤 한 움큼 들이킨다

똥을 울리다

망치로 살살 쳐서
심지를 달래줘야
대못이 더 큰 힘을
너끈히 받아내지
휘거나 튕겨나지 않고
손도 찧지 않는 법

옆집에 꾸어준 돈
받을 날짜 넘길수록
막걸리 두어 병 들고
찾아가던 아버지
주거니 받거니 하며
골목까지 어르셨다

먹감나무 얼굴

– 백수 선생님께

하늘 한 장 올려놓은 향천리에 터 잡고

목이 쉰 세상살이 휘감은 먹감나무

자줏빛 시인의 꿈이 복사뼈를 적신다

마른 몸 달군 땡볕 높새바람 오고 가다

산자락 먹빛 구름 이마쯤에 올려놓네

쏙독새 흘린 울음을 새겨듣는 여름날

귀 열어 받아 적은 큰 스승 시집 한 권

직지사 개울물로 풀어낸 문장인가

눈 밝은 별들이 와서 한바탕 읽고 있다

돼지 잡는 날

주머니가 비었어도 밥은 챙겨 먹였다
그런 정성 때문인지 턱살까지 올라서

이제는 때가 되었다고
몇 명 먹여 살리겠다고

돼지 목을 눌러 잡고 은행에 가져갔다
푸른 지폐 몇 장으로 후하게 쳐주었다

경로당 벚꽃 잔칫날
온 동네가 환했다

폭설

독설 같은 눈이 온다 창문을 다 덮는다

허리를 가로 접어 내려앉는 반지하 방

염리동 깊은 골목이

더듬대며 미끄러진다

후퇴하는 구둣발 사방으로 흩어지고

짜디짠 소금발로 절여놓은 길바닥

나는 늘 시도 때도 없이

너를 끓여 먹는다

햇살플라워

목에 칼이 들어와도 절대 떨지 않았다

자고 나면 어이없는 소식들 불끈 안고

되씹어 삭이는 동안 눈과 귀가 뜨였다

맨바닥 어둠 위로 엉금엉금 기어올라

지난날 그 헛구역질 토해놓은 거름 자리

엄마는 길 없는 저기에 무꽃을 피웠다

4부

내가 돌아설 때
생강꽃은 피었어요

별일

할아버지는 밤마다 별 농사를 짓는다
살다 살다 별일 다 보겠다는 할머니
모두가 별스럽다고
별, 별수 없다고

하늘은 다 내 것이지 누가 뭐라 하나
하늘 한 번 볼 새 없이 살아가는 사람들
별 수난 다 겪으면서
살아온 할아버지

황소자리 빌려 와 밭고랑을 만들고
물병자리 끌어다가 단물을 긷는다
별들이 깊어질수록
걸음이 쏟아진다

길 위의 아포리즘

짓밟혀 혀가 굳었다
백 원짜리 동전 하나

온몸에 멍이 든 채
바닥을 안고 있다

뜨겁게
무릎을 꿇고

부릅뜬 눈
감지 않고

치매 병동 203호

엄마는 큰언니를 엄마라고 부른다
자신을 파먹어서 날마다 배고픈 말

언니는 그 강을 건너
엄마 되어 웃는다

아무리 배불러도 자꾸만 떼를 쓰는
지우고 닦아내도 얼룩으로 남는 밤

엄마는 엄마가 그리워
다시, 언니가 된다

함덕 해변

애인의 몸을 빌려 뭍으로 나온 바다

손에 쥔 것 그대로 내려놓고 어깨를 흔들며, 움푹
들어간 모래의 옆구리를 흔들며, 떨고 있는 풀과 키
큰 나무의 앞섶을 흔들며, 카페 모퉁이로 돌아가는
남자를 흔들며, 함께 가자고 비틀거리는 서우봉 둘레
길을 흔들며, 그립다고 천 번을 말하고도 흔들리지
않는 그 말을 흔들며

그 자리 꼼짝 못 하고
울고 있는 한 사람

모노드라마

기호야 기호야아~ 이름이 날아간다

한겨울 창을 열고 아파트를 뒤흔든다

아무리 크게 불러도 오지 않을 허공이다

울음 섞인 목소리가 점점 가라앉는다

목구멍에 걸린 남자, 어둠을 갈라낸다

기호로 묶여버린 듯 풀지 못한 속앓이다

전원 아파트

뒷산의 나무들과 엔진톱이 대치 중이다
바닥에 드러누워 몸을 던져봐도
좁혀진 바리케이드
멧돼지도 속수무책

단단하게 올라가는 콘크리트 높은 콧대
자연을 꿈꿨더니 자연이 쓰러진다
옛길이 방황하는 숲
나뭇잎 우는 소리

산까지 오르기엔 사방이 벽이었다
새들도 알아차린 바람길 잊지 못해
이마에 붉은 띠 두르고
나무들이 일어섰다

백야

내전의 비명에는 햇빛조차 날카롭다

어제를 다 삼키고 눈물을 잃었지만

무통의 알레포 아이들 장미보다 진하다

쏟아지던 탄알의 그 많은 기억 위에

구름이 남기고 간 하늘 올려다보면

누구도 감당치 못할 허공 너무 깊어

부어오른 눈으로 부러진 날개 펼쳐

흘러온 한 아이가 울음을 구부린다

핀치새, 핀치새처럼 부리를 바꿔 달고

격렬비열도

　그대에게 가고 싶어 벼랑에도 길을 냈지 그대를 지
우고 싶어 그 벼랑길 걸어갔지

　격렬한
　그 발자국마저
　비열하게 긁힌 섬

후반전

때죽나무 아래에 방 한 칸 들여놓고

옆에 누운 저 꽃잎과 그냥 함께 살고 싶다

생의 반, 툭 내려놓고

같은 창을 열고서

나뭇잎에 얼비치는 햇살을 지붕 삼아

뻐꾸기 울음 실은 바닥을 깔아놓고

달빛을 홑이불 삼아

온밤을 건너가자

꽃의 구름

1

난간을
들이받고 날아오른 물소 한 마리
다리의 높이만큼 푸른 날개 돋아난다

한 번도 가본 적 없는
제5 계절을 위해

2

물의 껍질 찢고서 웅덩이가 깊어졌나 짧은 문장 크
게 펼쳐 튀어 오른 물고기
아찔한 곤두박질에 새가 되어 날아간다

3

팔팔 끓어오르며 뼈가 서는 더딘 저녁 가던 길 돌
아서서 여름을 뒤집어 본다

땡볕에 마른 그림자 늑골에 세워놓고

4
신발 끈 매는 동안 화살이 꿰뚫고 간
흉터 있는 손 펼쳐 한참 들여다보면

단단한 아버지 보법
물속에서 붉어진다

밥 먹어주는 그녀

– 서현에게

자전거 페달 밟고 밥 먹으러 가는 그녀
세상 편한 일이라고 누군가 추켜세운다
한 끼를 한다는 것이
고역이던 때 있었다

허구한 날 혼자서 넘겼던 하루의 맛
밥맛이 쓴맛 날 땐 먹는 게 일이어서
예약된 한 끼의 순서
기꺼이 달려간다

앞마당 애호박이 둥글게 익어가듯
그렇게 맛이 나게 주파수 맞춰주는
오늘도 입맛이 돌아
생기 돋는 사람들

겨울 담쟁이

끊어진 풍경으로 골절된 파장으로
땅바닥 끌고 가며 음표 찍는 한 여자

성에 낀 평화시장을
묶음으로 깨운다

쓸쓸한 묶음으로 담겨있는 고무대야
팽팽한 가락으로 햇살을 받아낸다

등 굽은 골목 하나가
뜨겁게 일어선다

마른 몸을 말고서 길에 펼친 수묵화
조금 더 조금만 더 환하게 수를 놓고

무릎을 휘감아 올려
한낮을 껴안는다

들라크루아* 방식으로

푸른 길
목에 두른
폭염의
담쟁이들

폐허를 밀고 간다
벽을 딛고 서서

초록을
부둥켜안고
깃발을
펄럭이며

* 〈민중을 이끄는 자유의 여신〉을 그린 화가.

먼동

지친 내가 돌아설 때 생강꽃은 피었어요

뒤에서 눈 가리며 불현듯 다가와서 어둠이 환했지요 눈으로 말하고 입술로 더듬으며 바람을 핥고 가는 긴 밤 같았어요 오래 먹먹했던 문장들은 닫힌 귀를 찾아 먹었지요 곱씹다 뱉어버린 낱말을 써보다가

차라리 지워버린 자리
블랙홀 봄이 와요

달나라 보폭

4번 국도 옆구리 쪽 살점 뜯는 까마귀 떼
얼굴은 이미 없고 발자국 다 뭉개진
헛디딘 고라니 울음
목구멍을 울린다

허물어진 동공으로 오래도록 씹는 시늉
자꾸만 바닥 깊이 달라붙는 얼룩 위로
낮달이 물끄러미 서서
한참을 서성인다

몸집이 큰 죽음을 개미들이 이고 간다
안 먹어도 배가 부른 가장의 부푼 어깨
유명을 달리했던 시인
발걸음도 붉었다

백록

한라산 호수 속엔 흰 사슴이 살고 있다

물비늘 허물 같은 눈꽃을 등에 업고

그대가 멈춰있는 곳

사뿐히 걸어간다

몸이 활짝 열려서 녹아버린 물의 방

혼자 또 뒤척이며 그대 생각하다가

속눈썹 쓰다듬으며

맴도는 물의 절벽

대구 막창

질겨진 하루까지 야들하게 구워져요
안지랑 골목마다 저녁이 구불거려요
막장을 막 벗어나서
고소하게 되새겨요

처음에는 막막하고 지금은 막무가내
익어가는 이야기는 씹을수록 길어져요
한 판을 뒤집고 나면
귀까지 순해져요

구공탄 구멍마다 불꽃 환히 피어나요
기꺼이 내려놓고 우리도 하나 돼요
여기예, 한 바가지 더 주이소
막힘없는 맛이에요

묵언의 미학 혹은
이 땅의 아버지를 위한 헌사

황치복 문학평론가 · 서울과기대 교수

1. 말 혹은 언어의 자력이 지배하는 시적 공간

2015년 중앙신인문학상의 시조 부문에 「다산茶山을 읽다」가 당선되어 문단에 나온 박화남 시인은 그동안 활발한 시조 창작의 열정을 불태워 그 첫 결실을 맺게 되었다. 첫 시집이 대체로 한 시인의 가족사라든가 개인적인 인생사의 아픔을 곱씹는 작품들이 많은 경향이 있지만, 시인은 첫 시집부터 자신만의 고유한 관심과 시의식 그리고 독특한 가락과 시적 보법을 통해서 개성적인 국면을 보여주고 있다. 물론 시인의 관심은 삶의 여러 국면을 포괄하기에 사회와 현실에 대한 비판의식도 보이고 자연의 의미와 가치에 대한 천착도 보이며 불가사의한 사랑의 미묘한 국면에 대한 놀라움과 탄식의 정동이 표출되기도 한다. 하지만 시인이 처음으로 펴내는 시집의 가장 큰 특징은 말言語에 대한 관심과 '아버지'라는 기표가 지니고 있는 다양한 함의로 수렴될 수 있을 듯하다. 이 시집에서 말과 아버지는 긴밀히 결부되어 독특한 시적 국면을 연출하고 있다. 이 글은 시인의 다양한 관심보다는 시집의 주된 초점인 말과 아버지의 기표에 주목하여 그 함의와 시의식의 향방에 대해서 간략히 살펴보도록 하겠다.

말과 아버지라는 시적 기표에 접근하기 위한 통로로 우리는 시에 대한 시인의 생각을 담고 있는 '시인의 말'과 시론의 성격을 지닌 「시작노트」라는 작품에 주목해 볼 수 있을 것이다. 시인은 시집의 자서에서 "조금은// 사물들에게 경이로운// 선물이 되었으면// 좋겠다"라고 간략하게 서술하고 있다. 사물들에게 경이로운 선물을 하고 싶다는 것, 자신의 시조 작품이 사물들에게 놀라움을 선사하는 선물이었으면 좋겠다는 소망은 곧 사물들이 지니고 있는 꿈과 소망에 알맞은 언어를 부여해 주고 싶다는 열망과 통할 것이다. 즉, 김춘수 시인이 「꽃」에서 노래했던 것처럼 사물이 지닌 '빛깔과 향기'에 알맞은 언어를 생성하여 호명하고자 하는 소망, 혹은 정현종 시인이 노래했던 '사물의 꿈'을 대신 꾸어주고 그것을 형상화하고자 하는 열망이 시인의 시의식을 추동하고 있는 것이다. 그러나 시인의 시의식은 단순히 사물의 본질에 알맞은 말을 붙여주고 싶다는 욕망에 그치지 않는다. 다음 작품에서 알 수 있듯이 그것을 시적 언어로 바꾸어서 좀 더 은밀하고 그윽한 것으로 만들고 싶다는 생각을 읽어낼 수 있는데, 이러한 생각은 시인의 시조 세계에서 독특한 시적 깊이와 심미적 가치를 생성하고 있다는 점에서 중요한 국면으로 판단된다.

시 앞에서 발가벗고 동침해야 시인이라던데

세상과 자신에게 민감해지기는커녕 자꾸 둔감해져요
내가 먼저 깨지고 찔려야 하는데 안 아픈 것 보면 칼날이
밖을 향해 있나 봐요 모든 것과의 불협화음에서도 오직
시하고만 화해하는 것이 무시무시한 아름다움을 안겨다
줄 거라고 난간 끝으로 뜨거운 물속으로 밀어 넣으라는데

그런 게 나는 무서워요 화장실에 볼일 보러 가듯이 밥 먹은 다음 양치질하듯이 하루도 거르지 않고 할 일이라는데 시에 있어서 나는 노숙자예요 좀 더 간절하게 절박하게 속절없이 뭐든 바깥으로 꺼내 자랑하지 말고 숨겨야 힘이 있다는데 조그만 것 하나까지 입이 근질거리니 괄약근이 약해지나 봐요 시 쓸 때는 멀리 가되 반드시 돌아와야 하고 보일 듯이 보일 듯이 보이지 않아야 한다는데 불 켜진 창문을 들여다보듯 너무 다 보여서 재미가 없나 봐요 쓰고 나서 읽고 나서 그게 무슨 뜻인지 몰라야 밥에 뜸이 든다는데 나는 늘 설익는 사람인가 봐요 시는 언어의 뒤통수를 치는 것 사기 치듯 바람피우는 거라는데 나는 따분하게 눌어붙나 봐요

　그러나 어떻게 끝날지는
　모르잖아요 아무도!
　─「시작노트」전문

　초장과 종장은 단형시조의 형식을 따르고 중장이 한없이 길어지는 사설시조의 양식을 지니고 있는 작품인데 시에 대한 시인의 생각을 담고 있다는 점에서 시조로 쓴

시론이라고 할 수 있다. 중장에 표현된 주된 생각은 시를 향한 살신성인殺身成仁의 정신을 지녀야 한다는 것, 인고와 절제의 시정신을 발휘하여 자신을 어떤 극한이나 경계까지 밀어붙여야 한다는 것, 그럼에도 불구하고 내면에 숨긴 언어를 발설해서는 안 되며, 숨기고 보이지 말아야 한다는 점을 강조하고 있다. 이러한 시적 메시지가 "시는 언어의 뒤통수를 치는 것 사기 치듯 바람피우는 거"라는 구절 속에 함축되어 있다.

요컨대 시란 자신의 알몸을 보여주듯이 진정성이 있어야 하며 자신을 향해서 가차 없이 비판을 가해야 한다는 것, 그럼에도 불구하고 자아 밖의 사물을 향해서는 형언할 수 없는 포용력을 발휘해야 한다는 것 등을 강조하고 있는 것이다. 하지만 더욱 주목되는 것은 언어에 대한 관심인데, 역설적이게도 말하지 않기 위해서 말하는 어법을 활용해야 한다는 점을 강조하고 있다. 물론 이러한 진술은 상식적인 차원에서 시적 함축과 은유적 언어에 대한 강조라고 해석할 수 있지만, 언어에 대한 관심이 시인의 시의식을 지배하고 있다는 생각은 간과할 수 없다. 사실 시인은 엉뚱한 곳에서 말에 대한 자의식을 드러내면서 시적 공간을 언어의 자력이 강렬하게 작용하는 장으로 탈바꿈시키고 만다. 예컨대 이런 식이다.

산란의 숲속처럼 먼 길을 떠올렸죠

안부를 묻는 말 들꽃에 소담하고 제 성질 이기지 못한
말 소나기에 허물어지고 오지랖 넓어 도무지 읽을 수 없
는 말 구름 사이에 벌어지고 차마 입 밖으로 떨어지지 않
는 말 저 혼자 붉어져서

문어체 맴돌았지요 한 자리 날개 달고
 ―「흰눈썹지빠귀에게」전문

다디달게 뜨는 수저
식성이 곧 인간성

김 서린 창문 밖은
저녁이 엷어지고

노을에
얹혀 온 말을

한 입 베어 나를 준다

　－「순댓국」전문

　「흰눈썹지빠귀에게」라는 시조 역시 사설시조의 형식을 취하고 있는데 중장은 온통 말에 대한 관심으로 채색되어 있다. 흰눈썹지빠귀에게 동화된 시적 주체는 그것의 시각에서 들꽃을 보기도 하고 소나기를 만나기도 하며 구름에 주목하기도 한다. 그런데 그러한 사물들은 온통 어떤 말들을 품고 있는 은유적인 것이기도 하다. 예컨대 그것들은 "안부를 묻는 말"이라든가 "제 성질 이기지 못한 말" 혹은 "오지랖 넓어 도무지 읽을 수 없는 말" 등의 취의tenor를 함축하고 있는 매재vehicle들이기도 한 것이다. 그리고 "문어체 맴돌았지요 한 자리 날개 달고"라는 종장의 구절을 보면 흰눈썹지빠귀라는 한 마리 새 또한 "차마 입 밖으로 떨어지지 않는 말"을 품고 있는 은유적 대상임을 짐작할 수 있다. 모든 시적 대상들이 어떤 특정한 말들을 함축하고 있는 은유적 대상이 되는 셈이다.

　「순댓국」 또한 시인의 말에 대한 관심을 보여주는 작품이다. 하나의 장을 두 개 이상의 행으로 분단해서 하나의 연으로 처리한 단형시조인데 순댓국이라는 음식을 먹으면서도 시인은 그것이 내포하고 있는 언어에 주목한다. 저녁 식사로 먹는 따뜻한 순댓국 한 숟가락은 "노을에/ 얹혀 온 말"을 함축하고 있는 매재라고 할 수 있는데, 이러한 구도에서 시인은 한 그릇의 순댓국을 먹고 있지만 그것은 또한 순댓국이 함축하고 있는 '말'을 음미하고 있는 것이기도 하다. 한 편을 더 읽어보자.

짓밟혀 혀가 굳었다
백 원짜리 동전 하나

온몸에 멍이 든 채
바닥을 안고 있다

뜨겁게
무릎을 꿇고

부릅뜬 눈
감지 않고
    ─「길 위의 아포리즘」 전문

"길 위의 아포리즘"이 무엇을 의미하는지, 길 위에 새겨져 있는 경구警句 혹은 잠언箴言의 내용이 무엇인지를 명확히 알기는 어렵다. 그것은 아마도 "백 원짜리 동전"이라는 화폐가 아무런 가치를 가지지 못해서 폐기 처분되는 현상을 보고서 그 동전이 느꼈을 비애를 환기하는 것일 수도 있고, 혹은 그것에 새겨져 있는 우리 민족의 영웅인 충무공 이순신의 초상이 홀대받는 것에 대한 분노와 울분일 수도 있다. 중요한 점은 길바닥에 뒹굴고 있는 "백 원짜리 동전 하나"가, "짓밟혀 혀가 굳었다"라는 대목에서 유추할 수 있듯이 어떤 말을 함축하고 있는 대상이라는 것이다. 그것은 어떤 강렬한 메시지를 함축하고 있지만, 길바닥에 떨어져 짓밟히고 혀가 굳어져 이제 어떤 언어도 발설할 수 없는 상황에 처해있다. 시인은 이처럼 자신의 말을 잃어버린 사물에 대해서 동정과 연민을 숨기지 않으며 사물로부터 말을 앗아 가는 국면에 대해서 분노와 울분을 표출하고 있다. "사물들에게 경이로운// 선물이 되었으면// 좋겠다"는 시인의 심정을 조금은 이해할 수 있을 듯하다.

2. 억압받는 언어의 풍경 혹은 언어의 한계

「길 위의 아포리즘」에서 알 수 있듯이 시인은 사물들이 함축하고 있는 언어에 대한 깊은 자의식을 지니고 있으며 그러한 언어가 은폐되거나 폐기되는 상황에 대해 형언할 수 없는 안타까움을 지니고 있다. 마치 억울한 일을 당한 사람이 그것을 하소연할 곳이 없어 답답해하는 마음을 읽어주듯이 시인은 사물들이 품은 울분과 분노를 대신 표출해 준다. 대상과 사물이 지닌 언어에 대한 관심은 사물과 대상이 품고 있는 언어의 억압 현상과 그것이 초래하는 비극에 대한 관심으로 확장되고 있는 셈이다. 언어가 왜곡되고 억압받는 현상에 대한 시인의 관심은 다음과 같이 표출된다.

결국은
고요하게 소란한
세상이다

이렇게 색깔 논쟁
갈수록 짙어지고

그렇게
뭉개진 입술

오지 않는
나비들
  –「장미전쟁」전문

　"장미전쟁"은 영국의 왕권을 둘러싼 권력투쟁을 떠올리게 하는 한편 "고요하게 소란한/ 세상"이라든가 "색깔논쟁" 등의 시어들은 우리 사회에서 이데올로기를 둘러싸고 일어나는 헤게모니의 투쟁을 연상시킨다. 시인은 "고요하게 소란한/ 세상"으로 인해서 "뭉개진 입술"이 만연하게 되고 "나비들"이 "오지 않"게 된다는 점에서 문제의식을 가진다. 나비들이 오지 않게 된다는 것을 생명의 잉태가 불가능해진다는 의미로 받아들일 수 있다면 색깔논쟁과 이데올로기를 둘러싸고 벌어지는 말들의 전쟁은 그야말로 말을 불모의 그것으로 만드는 것이라고 할 수 있다. 관용과 포용, 공감과 이해에 기반을 둔 말이 아니라 상대방을 제압하기 위해 구사되는 말의 폭력성과 불모성에 대한 시인의 우려를 읽어낼 수 있다.

　내가 다
　울지 못한 지상의 매운 울음

　어둠 속을 달려 나와
　둥근 어깨 내어주며

　열수록
　말문을 닫고

　대신 울고 있었다
　　－「양파가 양파에게」 전문

　시적 대상인 "양파"는 까면 깔수록 그 깊이를 알 수 없
는, 아량이 넓은 어떤 속 깊은 대상을 암시하고 있다. 중
장의 "어둠 속을 달려 나와/ 둥근 어깨 내어주며"라는 구
절에서도 그러한 대상의 속성을 읽어낼 수 있다. 그것은
"내가 다/ 울지 못한" 울음을 "대신 울"어주고 있다. 시적
주체는 양파에서 어떤 성자聖者의 이미지를 읽어내고 있

는 셈인데 그가 내가 울지 못한 울음을 대신 울어주는 것은 "말문을 닫고"서다. 그러니까 언어의 세계가 끝난 후, 그다음에 울음의 세계가 펼쳐지는 것이다. 울음이 공감과 이해를 대변해 주는 행위라고 한다면 언어란 울음과 같은 절실한 심정의 소통에는 미치지 못하는 한정된 것임을 짐작할 수 있다. 언어도단의 경지에서 울음이 터져 나온다고 할 때, 언어란 순정한 감정의 토로와 달리 불순한 요소들이 개입되어 있는 표현과 의사소통의 수단이 되는 셈이다. 비슷한 구도의 작품이 한 편 더 있다.

애인의 몸을 빌려 뭍으로 나온 바다

손에 쥔 것 그대로 내려놓고 어깨를 흔들며, 움푹 들어간 모래의 옆구리를 흔들며, 떨고 있는 풀과 키 큰 나무의 앞섶을 흔들며, 카페 모퉁이로 돌아가는 남자를 흔들며, 함께 가자고 비틀거리는 서우봉 둘레길을 흔들며, 그립다고 천 번을 말하고도 흔들리지 않는 그 말을 흔들며

그 자리 꼼짝 못 하고
울고 있는 한 사람

　　－「함덕 해변」 전문

　제주도 함덕 해변을 제재로 해서 이별과 그리움의 정동을 그리고 있는 작품이다. 전체적인 시적 구도는 어떤 상실과 부재를 경험한 한 시적 인물이 함덕 해변에서 바다를 보면서 울고 있는 장면이다. 그 인물은 바다를 보면서 주변의 모든 것을 흔들고 있는데, 예컨대 자신의 어깨라든가 해변의 모래 혹은 풀과 나무들과 서우봉의 둘레길 등이 그것이다. 그중에서도 가장 주목되는 대목은 "그립다고 천 번을 말하고도 흔들리지 않는 그 말을 흔들며" 서있다는 점이다. 시적 인물은 그리움이 사무쳐 '그립다'는 말을 천 번이나 하고도 온전히 그 말의 무게를 감당하고 있었는데, 그리움에 사무쳐 터져 나온 '울음'은 그 말을 흔들고 있는 것이다. 그러니까 '그립다'라는 말은 그리움에 사무친 울음 앞에서 한없이 왜소한 표현 영역으로 전락하고 있는 셈이다. 다음에 등장하는 말은 어떤가?

　엄마는 큰언니를 엄마라고 부른다
　자신을 파먹어서 날마다 배고픈 말

언니는 그 강을 건너

엄마 되어 웃는다

아무리 배불러도 자꾸만 떼를 쓰는

지우고 닦아내도 얼룩으로 남는 밤

엄마는 엄마가 그리워

다시, 언니가 된다

　　－「치매 병동 203호」 전문

　치매라는 것이 그동안 억압되었던 무의식의 욕망이 의
식의 세계를 지배하게 된 역전 현상이라고 한다면 치매
는 가려지고 숨겨져 있는 진실의 한 국면이 드러나는 현
상이라고 할 수도 있을 것이다. 시적 구도에 의하면 "엄
마"라는 기표는 "자신을 파먹어서 날마다 배고픈 말"인
데 "엄마는 엄마가 그리워/ 다시, 언니가 된다". 그러니까
"엄마"라는 말은 자신을 파먹는 말이기도 하지만 또한 그
리움의 언어이기도 한 셈이다. 엄마가 배고픈 말이 되기
도 하고 그리움의 말이 되기도 하는데 두 속성은 동일한
것이라고 할 수 있는 것이다.

'엄마'라는 말이 자신을 파먹어서 배고픈 말이 되는 것은 물론 자식들이 엄마의 배려와 사랑을 먹고 살기 때문이다. 그 말은 엄마에게 뿌리를 두고 다양한 측면에서 양분을 흡수하여 살아가는 자식들로 인해 말라가는 엄마의 모습을 함축하고 있기도 하지만, 엄마 또한 연약한 존재이기에 엄마의 엄마에게 뿌리를 두고서 삶을 영위하는 모습을 암시하고 있기도 하다. 후자의 의미를 지닌 엄마라는 기표는 "아무리 배불러도 자꾸만 떼를 쓰는" 모습을 보면 근원적인 결핍으로서 엄마라는 말이 작용하고 있음을 알 수 있다. 즉, 엄마라는 말은 영원한 그리움과 갈망의 대명사로서 모든 사람들이 지향하지만, 결코 포만감에 도달할 수 없는 결핍과 부재의 이름인 셈이다. 치매에 걸린 어머니가 자신의 엄마를 찾는 것은 의식의 껍질을 벗고서 드러내는 맨얼굴이라는 점에서 그 말의 근원성과 결핍성을 짐작할 수 있다. '엄마'라는 말은 영원히 도달할 수 없는 인간의 근원적인 욕망을 함축하고 있다는 점에서 강렬한 부재를 부조하게 된다. 언어는 극한의 어떤 정서적 상황을 가리키면서도 그것을 온전히 감당하기에는 한계를 지닌 수단이 되는 셈이다.

3. 묵언의 세계 혹은 소리 없는 아우성

　지금까지 시인이 지닌 언어에 대한 관심과 열정을 살펴보았는데, 모든 사물들은 자신의 언어를 지니고 있으며 그러한 언어를 통해서 존재 의의를 실현하고 있음을 알 수 있었다. 하지만 언어란 지극히 한정적인 수단으로서 흔히 왜곡되거나 억압되기도 하고 그렇지 않더라도 그것은 지극히 제한적이고 불완전한 의미의 전달체이거나 소통의 수단이기도 했다. 모든 대상이나 사물들은 자신의 언어로 호명되기를 바라지만 그것은 지극히 한정적인 의미에서 그 가치를 실현할 뿐이었다.

　더구나 언어는 어떤 지극한 정서적 상황에 봉착해서는 오히려 불순물이거나 잉여물과 같은 처지로 전락하기도 했다. 그래서 시인은 오히려 표출된 언어의 세계보다는 잠재된 언어의 세계라고 할 수 있는 '묵언'에 주목하는지도 모른다. 묵언默言이란 말이 없는 것이 아니라 말을 하지 않는 상태, 곧 하고 싶은 말이 너무 많지만 그것을 억누르고 있는 상태라고 할 수 있다. 따라서 묵언 또한 하나의 언어의 세계에 속한다고 할 수 있는데 그것은 어떤 정서적 소용돌이 상태에서 애써 언어의 분출을 억제하고 있

는 상태라는 점에서 더욱 극적인 언어의 세계라고 할 수
도 있다. 묵언의 세계를 살펴보자.

　　직지천 다리 아래 가슴을 내려놓고
　　으스름 본모습과 정면으로 마주쳤다
　　잘 익은 노을 속으로 한 남자가 침몰한다

　　다 닳은 몸의 허울 공중에 벗어 던져
　　둥글게 웅크린 채 바위가 된 남자
　　늦가을 저문 세상을 단편으로 바라본다

　　서늘한 뒷덜미를 거머쥔 풍경같이
　　메마른 숲속에서 남모르게 날아온 새
　　속울음 거둬들이며 귀가를 재촉하고

　　가로등 저 불빛이 어둠을 살피듯이
　　흐르는 무늬 안고 한 줄 길게 따라간다
　　온몸에 물소리 새기는 남자의 에필로그
　　　−「못,」전문

'뭇'이라는 어휘는 짚이나 장작, 채소 따위의 작은 묶음을 세는 단위이기도 하지만 볏단을 세는 단위이기도 하고 생선을 묶어 세는 단위이기도 한데 결국 '묶음'이라는 의미를 공유하고 있다. 또한 '뭇'이라는 어휘는 수효가 매우 많다는 뜻의 '무리'이기도 하고 '뭍'의 방언이기도 하다. 아마도 어떤 국면에 대한 이미지의 종합적 조감도를 보여주려는 듯 난해하고 중층적인 의미를 지니고 있는 '뭇,'이라는 제목을 가진 이 시조 작품은 네 수로 된 연시조인데 주된 시적 초점은 '한 남자'에게 맞춰져 있다.

작품의 주된 대상인 "한 남자"는 "잘 익은 노을 속으로" "침몰하"고 있으며 "둥글게 웅크린 채 바위가 되"어있고 "온몸에 물소리"를 "새기"고 있다. 이러한 시상의 전개를 보면 한 남자의 파란만장한 생애가 짧은 구절의 이미지 속에 응축되어 있는 것을 느낄 수 있다. 한 남자가 노년을 맞아서 석양의 노을처럼 소멸해 가고 있다는 것, 그러한 소멸의 과정을 한 남자는 "바위"처럼 묵묵히 침묵으로 수용하고 있다는 것, 그리고 드디어 "온몸에 물소리 새기"듯이 흘러가는 세상의 이치를 수용하고 있다는 것 등의 한 남자의 "잘 익은 노을"과 같은 성숙의 과정 혹은 달관과 순명의 과정을 읽어낼 수 있는 것이다.

물론 이러한 성숙의 과정은 본디의 모습, 곧 한 남자의 본모습을 찾아가는 과정이라고 할 수 있을 것인데, 그 과정은 또한 침묵으로 가는 과정이기도 하다는 점에서 주목된다. 첫째 수에서는 "잘 익은 노을 속으로 한 남자가 침몰하"고 있는데 한 남자의 침몰 과정은 침묵으로 빠져드는 과정이기도 하고, 둘째 수에서 한 남자가 "둥글게 웅크린 채 바위가 되"고 있는데 바위가 되어가는 과정은 곧 묵언의 세계로 빠져드는 과정이기도 하다. 셋째 수에서는 한 남자의 분신인 새가 등장하는데 그 새는 "속울음 거둬들이며 귀가를 재촉하고" 있다는 점에서 에너지를 안으로 응축시키는 묵언수행을 하는 것으로 보여지며, 넷째 수에서 한 남자는 "온몸에 물소리 새기"고 있는데 자신의 몸 안에 물소리를 받아들이고 있다는 점, 즉 어떤 메시지를 밖으로 발산하는 것이 아니라 안으로 응축하고 있다는 점에서 침묵과 묵언의 과정으로 이해할 수 있다. 이처럼 묵언이란 한없이 아래로 침잠하거나 함묵含默의 상태로 빠져드는 것이기도 하고 안으로 수용하고 응축하는 과정이라고 할 수도 있는데, 이러한 과정은 언어에 의존하던 상황에서 초월하는 과정으로 이해할 수 있을 듯하다. 다음 작품에서 이를 확인할 수 있다.

나무가 허락해야 까치도 집을 짓는다
방 한 개를 내주고 등이 따뜻한 미루나무
우듬지 명랑한 노래
새파랗게 돋았다

새끼들 데리고 산동네에 얹혀살 때
문단속 입단속에 등이 시린 큰오빠
그 겨울 혹독했다는
봉천동 옥탑방

먹고살기 좋아져도 현관문은 닫혀있다
함부로 뱉어낼 수 있는 말조차 닫아걸고
혼자서 오래 서있다
그 겨울에 아직도
　－「독獨」 전문

　　"큰오빠"가 시적 주인공으로 등장하고 있는데 그는 미
루나무 우듬지에 집을 지은 까치처럼 산동네인 "봉천동
옥탑방"에 거처를 정하고 "새끼들"을 길러왔다. 큰오빠가 겪었던 봉천동 옥탑방 시절은 "그 겨울 혹독했다"라는 구절에서 알 수 있듯이 힘들고 어려운 시절이었음을 짐작할 수 있다. 그런데 그 시절 큰오빠는 "문단속 입단속에 등이 시린 큰오빠"라든가 "먹고살기 좋아져도 현관문은 닫혀있다" 혹은 "함부로 뱉어낼 수 있는 말조차 닫아걸고"라는 대목에서 알 수 있듯이 문이라든가 입을 닫아거는 것에 집중하고 있다. 왜 큰오빠는 이처럼 문단속, 입단속 등 밖에서 침투하거나 밖으로 나가는 것을 극구 막아서려고 하는 것일까?

"혼자서 오래 서있다/ 그 겨울에 아직도"라는 대목에서 그 해답을 발견할 수 있을 듯하다. '독獨'이라는 제목처럼 큰오빠는 혼자서 서있다. 그는 외부에서 침입할 수 있는 위험으로부터 가족들을 지켜내야 했고 혹독한 겨울을 견뎌내야 했으며 배고픔의 설움까지 겪으며 시련과 고난의 세월을 살아왔다. 그러한 인고의 시간을 견뎌내는 방식이 바로 닫아거는 삶의 방식이었던 셈이다. 그것은 외부의 위험이나 추위를 피하는 방식이기도 했지만 한 명의 가장으로서 가족과 자신을 지켜내야 하는 고독함을 극복하는 방식이기도 했을 것이다. 그리하여 묵언과 고독은 그의 삶의 방식이 되었으며 그렇기 때문에 그는 "먹고살기 좋아져도 현관문"을 닫고 "함부로 뱉어낼 수 있는 말조차 닫아걸고" 있는 것이며 "혼자서 오래 서있"는 것이다. 이 시에서 묵언은 삶의 고통과 고독에 대응하는 삶의 형식으로서 혼자서 감당해야 하는 삶의 무게를 담고 있으며 그러한 점에서 어떤 성스러움을 함축하고 있기까지 하다. 묵언의 의미를 음미할 수 있는 작품을 하나 더 보자.

끊어진 풍경으로 골절된 파장으로
땅바닥 끌고 가며 음표 찍는 한 여자

성에 낀 평화시장을
묵음으로 깨운다

쓸쓸한 묶음으로 담겨있는 고무대야
팽팽한 가락으로 햇살을 받아낸다

등 굽은 골목 하나가
뜨겁게 일어선다

마른 몸을 말고서 길에 펼친 수묵화
조금 더 조금만 더 환하게 수를 놓고

무릎을 휘감아 올려
한낮을 껴안는다
  –「겨울 담쟁이」전문

　"겨울 담쟁이"는 물론 담장을 넘어가는 식물로서의 담쟁이덩굴을 지칭하기도 하지만 "성에 낀 평화시장"에서 힘들게 생활을 영위하고 있는 "한 여자"를 지칭하기도 한다. 담쟁이덩굴이 개구리 발가락처럼 생긴 덩굴손 끝부분에 흡반吸盤이 있어서 절벽과 담벼락을 타고 넘을 수 있는 것처럼 평화시장의 "한 여자"는 "땅바닥"을 "끌고 가"기도 하고 "무릎을 휘감아 올려/ 한낮을 껴안"기도 한다. 담쟁이덩굴이나 평화시장의 한 여자나 모두 험난한 생존의 조건을 극복하고 강렬한 생명력을 발휘하고 있는 존재자라는 점에서는 동일한 속성이라고 할 수 있다.

　그런데 문제는 그 여자가 "성에 낀 평화시장을/ 묶음으로 깨운다"는 점이다. 그러자 평화시장 한구석에 "쓸쓸한 묶음으로 담겨있는 고무대야"는 "팽팽한 가락으로 햇살을 받아내"고 "등 굽은 골목 하나"는 "뜨겁게 일어선다". 묵음으로 깨운다는 것은 말로 깨우는 것이 아니라 "땅바닥 끌고 가"는 의지적 행동으로, 그리고 "마른 몸을 말고서" "조금 더 조금만 더 환하게 수를 놓"는 심미적 행위로 깨운다는 것을 의미한다. 그것은 발화를 통해서 소리를 토해내는 것이 아니라 에너지를 안으로 응축해서 삶의 의지를 불태우는 것과 다르지 않다. 묵언은 밖을 향해서 메시지를 전달하지 않고 안쪽으로 불굴의 의지와 생명력을 응축시키는 것을 의미하는데 그러한 묵언은 "성에 낀 평화시장"을 깨우는 것을 통해서 발화보다 더욱 웅변적인 언어라는 것을 입증하고 있다.

4. 묵언의 형식 혹은 아버지의 삶

박화남 시인의 시조 작품에서 묵언이란 하나의 응축된 에너지로서의 언어라고 할 수 있으며 발화보다 더욱 효과적인 역능을 발휘하고 있음을 확인해 보았다. 그것은 하나의 고통과 고독의 삶에 대응하는 형식으로서 언어를 초월하는 행위이기도 했고 자신의 의지를 외부를 향해 발산하는 것이 아니라 외부의 것들을 안으로 수용하고 포용하는 과정이기도 했다. 자신을 내세워서 외부로 투사하는 것이 아니라 외부의 것에 동화되는 과정이라고 할 수도 있다. 이러한 묵언의 과정은 하나의 수행으로서 삶의 지극한 경지에 도달하는 수단이기도 했다. 침몰하고 함묵하고 침잠하면서 묵언은 세상의 이치를 받아들여 소화하는 과정이기도 했고 그리하여 온몸에 흐르는 물소리를 새기는 과정이기도 했기 때문이다.

박화남 시인의 이번 시조집에서 이처럼 고통과 고독에 응전하는 삶의 형식이자 깨달음에 도달하는 수행의 과정으로서 묵언의 가치를 체현하고 있는 존재가 곧 '아버지'라고 할 수 있다. 이번 시집에서 가장 많이 시적 대상으로 부각된 존재가 바로 아버지라고 할 수 있는데 아버지의 이미지는 거의 대부분 묵언의 이미지와 관련되어 있으며 또한 달관과 수행의 이미지와 관련되어 있다. 「지붕 위의 자전거」에서는 "사십 년" 동안 "연애 같은 우체부" 생활을 했던 아버지의 삶을 회고하면서 "태풍이 길 막아도 멈춘 적 없었다"는 아버지의 자전거 바퀴가 "허공에도 길을 내어 달"릴 수 있게 되고 그래서 아버지의 자전거는 "지붕 위로 올라갔다"고 진술하고 있다. 이러한 구도에서 아버지는 달관과 달인의 경지에 오른 구도자라고 할 수 있다.

또한「초승달」에서는 "뒤집어/ 벼린 밤을/ 다시 한번 뒤집어서// 금은화 비린 울음/ 한 줌 깊이/ 베어내고// 굽은 생/ 펴지 못한 채// 조선낫이 된/ 아버지"라고 하면서 초승달에서 아버지의 삶의 형식을 읽어내고 있는데 그것은 한마디로 '벼리고 벼린 삶'이라고 할 만하다. 아버지는 밤을 벼리고 벼린 밤을 다시 뒤집어 벼리면서 살아왔다. 그 삶의 모습을 비린 울음의 '금은화(인동덩굴의 꽃봉오리)'와 펴지 못하고 굽어있는 '조선낫'이 대변해 주고 있다. 이처럼 벼리고 벼리면서 살아온 아버지의 삶이 묵언수행의 그것이었음을 다음 작품이 가장 잘 보여준다.

아버지보다 오래도록 살아남은 몸이시다

쓸고 또 쓰는 일이
티 안 나게 티 나지만

쓸수록 닳고 닳아져 와불처럼 누우셨다
  ―「몽당빗자루」전문

아버지가 살아계시던 시절에 쓰던 "몽당빗자루"는 아버지의 삶을 대변해 주는 환유물이라고 할 수 있다. 그것은 "쓸고 또 쓰는 일"을 수행했던 아버지의 유물로서 버리고 버리던 삶을 살다 가신 아버지의 삶의 형상을 고스란히 체현하고 있다. 그처럼 "쓸고 또 쓰는 일"이란 거의 "티안 나"는 행위이기는 하지만 또한 궁극적으로는 "티 나"는 일이기도 하다. 쉼 없이 떨어지는 물방울이 바위를 깨뜨리듯이 아버지는 평생 버리고 갈고 닦는 일을 업으로 했으며 그리하여 "닳고 닳아져" 몽당빗자루처럼 되어 생을 마감하셨다. 그렇기 때문에 아버지의 삶의 모습을 대변해 주는 그러한 몽당빗자루가 "와불"일 수가 있는 것이다. 묵묵히 쓸고 쓸면서, 버리고 버리면서 아버지는 묵언수행의 삶을 사셨고 그러한 삶의 결과가 몽당빗자루와 같은 와불로 귀결되고 있는 셈이다. '와불'이라는 어휘에는 아버지의 삶이 묵언수행의 과정이었으며 그러한 수행과도 같은 삶의 과정이 작은 깨달음으로 귀결되었으리라는 시적 주체의 열망이 담겨있다. 다음 작품도 아버지의 삶이 묵언과 수행으로 점철되었음을 알려준다.

애당초 아버지는 물새가 분명하다

무논에 얼굴 담가 부리가 닳았는지

쓸쓸히
날개 젖어도
말수가 없으셨다

뼈마디 결린다고 개구리가 우는구나

혼잣말을 흘려놓고 새벽을 물리셨다

물 위에
세운 그림자
한평생 목이 길다
　　－「물새를 읽다」 전문

　앞서 분석한 작품에서 몽당빗자루가 그리했던 것처럼
이 작품에서는 '물새'가 아버지의 삶의 전 과정을 체현하
고 있다. 물새는 아버지의 삶을 대변해 주는 하나의 은유
로서 아버지의 삶의 과정이 그 이미지로 아로새겨져 있

는 것이다. 그 모습은 어떠한가? "무논에 얼굴 담가 부리가 닳았"다는 진술에서 다시금 몽당빗자루의 모습을 연상할 수 있다. 쓸고 쓸어서 닳고 닳아진 것처럼 물새 또한 무논에 무시로 얼굴을 담갔기에 그 부리가 닳아버렸다. "날개 젖"었다는 구절이나 "뼈마디 결린다고 개구리가 우는구나"라는 구절을 보면 아버지의 삶이 신산하고 고통스러운 것이었음을 짐작할 수 있다. 또한 "쓸쓸히"라는 어휘나 "혼잣말을 흘려놓고 새벽을 물리셨다"는 표현, 그리고 "물 위에/ 세운 그림자/ 한평생 목이 길다"라는 구절들을 보면 아버지의 한평생이 외롭고 고독했음을 추론할 수 있다.

그처럼 신산하고 고독한 삶을 경영하면서도 아버지는 "말수가 없으셨다". 그가 겨우 뱉어내는 말이란 "뼈마디 결린다고 개구리가 우는구나"라는 "혼잣말"일 뿐이었다. 아버지의 삶의 형식이 결국 '묵언'의 그것이었음을 알 수 있고 묵언이 아버지의 삶의 형식이었다는 것은 곧 자신을 안으로 채찍질하며 닦고 버리는 수행의 과정이었음을 암시한다. "말수가 없으셨"던 아버지는 고통과 고독을 안으로 삭이며 '와불'의 경지에 도달하고자 했던 것이다. 말에서 벗어나 자유로운 경지에 들어선다는 것은 곧 고통과 고독의 내밀한 아픔을 삭이고 길들이는 과정이라는 것을 짐작할 수 있다. 마지막으로 아버지를 다루고 있는 표제시를 살펴보도록 하자.

스크럼을 짜고 있다 어깨 서로 걸고서

새끼를 지키려는 극한의 맨몸 화법

그 어떤 소리도 없다

아버지도 그랬다
－「황제펭귄」 전문

현존하는 펭귄 중에서 몸집이 가장 큰 황제펭귄은 암 컷이 알을 낳고 먹이를 몸에 비축하기 위해 바다로 떠나 면 수컷이 발 위에 있는 주머니에 알을 넣고 품는다고 한 다. 알을 품고 있는 2~4개월 동안 수컷은 수분 섭취를 위 해 눈을 먹는 것 말고는 아무것도 섭취하지 않는다. 알을 품고 있는 수십에서 수백 마리의 수컷들은 서로 몸을 밀 착하고 서서 천천히 주위를 돌다가 바깥쪽에 서있는 개

체가 체온이 낮아지면 안쪽에 있는 개체와 자리를 바꾸면서 전체 집단의 체온을 계속 유지하는데, 이를 허들 Huddle이라고 한다.

시적 주체는 이러한 황제펭귄에게서 아버지의 삶의 모습을 읽어내고 있다. 몽당빗자루나 물새와 같이 '황제펭귄'은 아버지의 삶을 대변해 주고 있는데 가장 큰 특징은 묵언수행을 하고 있다는 점이다. 물론 그 수행이란 차가운 극지방의 온도를 이겨내고 "새끼를 지키려는" 부성애의 실천이라고 할 수 있다. 그 과정에서 아버지는 "그 어떤 소리도" 내지 않는다. 그렇다고 말을 하지 않는 것은 아닌데 아버지의 언어는 "스크럼을 짜"는 것 혹은 "어깨 서로 거"는 것이다. 시적 주체는 그것을 "극한의 맨몸 화법"이라고 해서 몸-언어임을 강조하고 있다. 그러니까 아버지는 말을 하지 않는 것은 아니지만 발화를 통해서 말하는 것이 아니라 스크럼을 짜고 어깨를 거는 행위를 통해서 몸-언어를 실천하고 있는 것이다. 이러한 행위는 고통스럽고 고독하기에 안으로 에너지를 응축하는 것이 필요하며 그러기에 아버지는 "그 어떤 소리도 없"이 묵언수행을 실천하는 것이다.

아버지의 묵언수행은 결국 '사랑'의 실천이라고 할 수

있을 것이다. 추위와 배고픔으로부터, 외부의 위험으로부터 "새끼를 지키려는 극한의 맨몸 화법"이 바로 묵언수행의 실체이기 때문이다. 아버지가 몽당빗자루처럼 자신의 몸이 닳아지도록 쓸고 쓰는 수행을 실천하면서, 또한 조선낫처럼 어둠을 벼리고 그것을 뒤집어 벼리는 굽은 삶을 살면서 궁극적으로 도달하고자 했던 것이 바로 '사랑'이라고 할 수 있으며, 그러하기에 아버지는 "와불"처럼 눕게 되었는지도 모른다. 그리고 이러한 수행의 과정에서 말이라는 언어를 버리고 몸-언어에 의지했기에 그는 와불의 경지에 도달했는지도 모른다.

지금까지 우리는 박화남 시인의 첫 시조집에 그려진 언어의 풍경을 조감해 보았다. 말에 대한 관심은 시인으로서 지극히 당연한 것인지도 모른다. 하지만 박화남 시인의 말에 대한 관심은 이 땅의 현실과 사물에 접근하기 위한 중요한 통로이자, 구도의 과정에서 의지할 수 있는 수행의 수단이라는 점에서 독특하고 의미심장하다. 특히 묵언의 언어에 대한 천착은 시인의 시적 세계가 한없이 깊어지는 결과를 가져왔다는 점에서 특히 주목할 만하다. 언어를 절제하고 압축하고 응축하는 것, 그것은 아마도 시조의 가장 큰 특징 가운데 하나일 것이다. 그래서 절

차탁마切磋琢磨의 시조 정신이 필요한 것이고 절제와 극기의 정신이 필요한 것이다. 박화남 시인이 구축하고 있는 묵언의 미학에 주목하는 것은 시인이 구축한 묵언의 심미적 효과가 그 자체로 매우 매력적이기도 하지만 또한 앞으로 시인의 시적 행보에 의해서 시조의 어떤 본질적인 한 국면이 개척될지도 모른다는 기대감 때문일 것이다.

황제펭귄

—

초판 1쇄 2020년 8월 25일
지은이 박화남
펴낸이 김영재
펴낸곳 책만드는집

—

주소 서울 마포구 양화로3길 99, 4층 (04022)
전화 3142-1585·6
팩스 336-8908
전자우편 chaekjip@naver.com
출판등록 1994년 1월 13일 제10-927호

—

* 이 도서는 한국출판문화산업진흥원의 '2020년 우수출판콘텐츠 제작 지원' 사업 선
정작입니다.

—

ISBN 978-89-7944-735-4 (04810)
ISBN 978-89-7944-354-7 (세트)